AF381417

„Durch seine stets freundliche Art und seiner Hilfsbereitschaft ist Herr Detlef Schmidt bei allen Kolleginnen und Kollegen sehr beliebt."

Zitat aus einer Zwischenbeurteilung meines damaligen Chefs Herrn Dr. Hans-Joachim K.

Das auf dem Foto, dass bin ich.
Ich, dass ist **Detlef Günter Schmidt**

Titelbild: „Fassade", Ölbild von Detlef Schmidt, 1986

Warum habe ich dieses Buch geschrieben?

Auf keinen Fall habe ich dieses Buch geschrieben, weil ich eine Person des öffentlichen Lebens bin, denn die bin ich nicht. Ich habe dieses Buch auch nicht geschrieben, um mich über die Wichtigkeit meiner Person auszulassen. Ich bin nicht wichtig. Halt, ich bin doch wichtig. Wichtig für meine Familie und natürlich bin ich mir selbst wichtig.

Den Pulitzerpreis für hervorragende journalistische Leistungen bekomme ich für dieses Werk auch nicht. Keine Chance. Den Preis will ich aber auch gar nicht haben.

Dieses Buch wurde von mir geschrieben, weil ich das, was ich bisher erlebt, gedacht, gefühlt und getan habe, gerne anderen Menschen mitteilen möchte. Vielleicht entdeckt da der Eine oder die Andere einige Dinge, in die Er oder Sie sich hineinversetzen kann.

In dieser Erzählung werde ich einige Bilder und auch etwas aus der Zeitgeschichte einfügen, ich denke mir, dass man sich beim Lesen einige Geschehnisse besser vorstellen kann.

Alles was ich schreibe, entspricht der Wahrheit. Denn meine Mutter sagte zu mir früher: „Detlef! Lügen haben kurze Beine".

Gut, als Kind konnte ich mit diesem Satz nicht viel anfangen, denn Lügen sind doch keine Lebewesen und können somit auch keine Beine haben?! Weder Kurze, noch Lange. Im Laufe der Jahre stellte sich dann aber heraus, was meine Mutter mir mit diesem Satz sagen wollte.

Warum Fassade als Buchtitel?

Schon beim Titel für diese Erzählung hatte ich Probleme. Titel wie: „Warum hat Donald Duck keine Hosen an?" oder „Das wahre Leben des Detlef Sch." kamen mir da in den Sinn. Wobei der Gedanke an Donald Duck und seine nicht vorhandenen Hosen gar nicht so schlecht war. Denn diese Frage ist für mich genauso schwer zu beantworten, wie die Frage die ich mir oft selbst gestellt habe: „Warum ist ausgerechnet Dir das so ergangen?". Als Titel meiner Erzählung habe ich letztendlich „DIE FASSADE" gewählt.

Hier die Definition von Fassade: „Die Fassade (von frz.: *façade*, über ital.: *facciata*, ursprüngl. Von lat.: *facies*: Angesicht) ist ein gestalteter, oft repräsentativer Teil der sichtbaren Hülle (*Gebäudehülle* oder *Außenhaut*) eines Gebäudes.

Die Definition für die (meine) Fassade: Der von mir bewusst oder unbewusst gestaltete, repräsentative Teil meiner für Andere Menschen sichtbaren Außenhülle. Die Betonung liegt auf sichtbar. Was sich hinter meiner für alle Welt sichtbaren Fassade verbirgt, soll diese Erzählung wiedergeben.

Ja, wie fange ich an zu erzählen? Jetzt sitze ich hier und starre diesen Satz an und habe den Satz schon mehrmals durchgelesen und finde trotzdem nicht den Anfang. Erinnert mich irgendwie an den Film von 1987: „Schmeiß' die Mama aus dem Zug! " mit Danny DeVito. In diesem Film gab es einen Schriftsteller der vor seiner Schreibmaschine saß und vor hatte sein Buch zu schreiben. So saß er vor dem in der Schreibmaschine eingespannten weißen Papierbogen und dachte darüber nach wie er anfangen sollte. Der Boden war schon übersät mit zerknüllten Papierblättern. Auf ihnen alle Anfänge seines Buches, die ihm nicht gefielen. Die Nacht war schwül...???!!! Mehr brachte er trotz aller Anstrengungen nicht zustande. Ich hoffe, mir gelingt da mehr.

Das mit dem Anfang einer Erzählung bzw. Aufsatzes ging mir in der Schule auch so und viele Leser werden das aus der eigenen Schulzeit ebenfalls kennen. Damals war das Thema des Aufsatzes: „Die Kehrseite der Medaille". Der Lehrer hatte uns dafür ganze zwei Unterrichtsstunden Zeit gegeben. Eigentlich genug Zeit für dieses spannende Thema: „Wie entwickelt sich die Welt durch die moderne Technik mit Großrechner, hochmodernen Maschinen und Roboter und was bleibt für die Menschen des Planeten Erde, negativ gesehen, dafür auf der Strecke?" Irgendwann, nach 30 oder 40 Minuten, kam dann endlich der Geistesblitz und ich konnte los schreiben. Da war zwar schon fast die Hälfte der Gesamtzeit weg, aber der Rest an Zeit hat noch für ein paar Seiten gereicht.

Ich heiße Detlef Günter Schmidt. Rufname Detlef.

Da es zu dieser Zeit üblich war den Kindern einen Zweitnamen zu geben, bei Mädchen meist den Namen der Mutter und beim Sohn entsprechend den Namen des Vaters, lautet mein Zweitname Günter, so wie mein Vater mit Vornamen hieß. Der Zweitname meines Vaters war Horst und der Drittname Harry. Also Günter Horst Harry Schmidt. Eigentlich hätte der Zweitname Willi sein müssen, so hieß nämlich sein Vater mit Vornamen, also mein Opa. Hört sich etwas kompliziert an, ist aber so ähnlich wie die heutigen Namensgebungen bei Hochzeiten, wenn die Frau ihren Mädchennamen behalten will und nicht den Familiennamen des Mannes als alleinigen Nachnamen annehmen möchte. Da kommen dann, besonders bei Scheidungen und erneuter Heirat, die dollsten Namenkombinationen zustande. Nun könnte ich, der Vollständigkeit wegen, noch die Zweit- und Drittnamen meiner Mutter und deren Mutter, also meiner Oma und das gleiche mit den Zweitnamen meiner Schwester fortführen, das mache ich aber erst später. Die Familienverhältnisse bei den Schmidts waren sowieso von etwas komplizierter

Art. Dazu aber mehr an einer anderen Stelle der Erzählung.

Das Licht dieser Welt erblickte ich im Wenckebach-Krankenhaus in Berlin im Bezirk Tempelhof. In diesem Bezirk haben auch meine Eltern geheiratet. Sie gaben sich am 12. Februar 1955 im Standesamt Tempelhof das Jawort.

Meine Eltern haben geheiratet

Ich war bei dieser Trauung auch anwesend, denn meine Mutter war mit mir im siebten Monat schwanger. Die Trauzeugen waren der Bruder meines Vaters, der Gerhard Herbert Schmidt, genannt „Quade" und der Vater von meinem Vater, also mein Opa, Willi Schmidt.

Im Bild ist links mein Opa Willi zu sehen und rechts mein Onkel Gerhard

Da es ein sehr kalter Februartag war, mussten die Blumen in Zeitungspapier eingewickelt werden, damit sie nicht erfrieren. All zuviel haben mir meine Eltern später nicht von der standesamtlichen Hochzeit erzählt, oder ich habe es wieder vergessen, da es mich als Kind nicht so sehr interessiert hat. Ich weiß nur aus Erzählungen meiner Mutter, dass sich der Pflegevater meiner Mutter hinter einem Baum versteckt hatte, weil er nicht bei der Trauung dabei sein wollte. Denn vor der Trauung gab es zwischen den beiden Familien Streit um ein Carepaket, was die eine Familie haben wollte, es aber von der anderen Familie nicht bekam. Eigentlich eine Nichtigkeit.

Die Liebe meiner Eltern begann im Jahr 1953. Mein Vater war gerade arbeitslos geworden und wohnte noch bei seinen Eltern Vater Willi, Mutter Wally und die Mutter seiner Mutter, also seine Oma, die wegen ihrer Körpergröße kleine Oma genannt wurde, in der Großbeerenstrasse 44 in Mariendorf. Sein Vater Willi Schmidt wurde 1899 geboren und war von Beruf Gummiwerker.

Links ist Oma Walli, die meine Schwester auf dem Arm hält und rechts auf dem Bild ist „kleine Oma"

Die Mutter meines Vaters war früh gestorben und sein Vater, also mein Opa hatte wieder geheiratet, somit hatte mein Vater eine Stiefmutter, die er nicht so liebte wie er seine verstorbene Mutter geliebt hat. Darüber wurde aber wenig erzählt. Denn alles was die so genannte Gefühlswelt betraf war Tabuthema, darüber wurde zur damaligen Zeit nicht gesprochen.

Mein Vater hatte zwei Brüder der eine hieß Gerhard Herbert und wurde, warum auch immer, Quade genannt. Sein zweiter Bruder, der Bauschlosser war, ist in den letzten Kriegstagen gefallen. Die richtige Mutter meines Vaters Anna Schmidt hatte den Tod ihres Lieblingssohnes, dem Erstgeborenen, nicht verkraftet. Nach einer Unterleibsoperation wurde sie nicht wieder gesund und verstarb 1947. Da war mein Vater 19 Jahre alt. Der Arzt meinte damals sie hätte sich innerlich aufgegeben. Mein Vater war der mittlere Sohn sozusagen und wurde am 12. September Jahre 1928 geboren. Sein Bruder Gerhard ein Jahr später, also 1929.

Im Haus befand sich die Großbeerenklause. Dort trank mein Vater ab und zu mal ein frisches Bier und aß eine Boulette. Mein Vater kam immer als letzter von der Arbeit und wenn er dann den etwas sehr dicklichen Graupeneintopf, den seine Mutter gekocht und auf dem Herd gestellt hat, sah und er genau wusste, dass sich am Topfboden die Knochensplitterchen vom Suppenknochen versammelt hatten, dann war er schon satt und bevorzugte stattdessen ein frisches Bier und eine Boulette in der Großbeerenklause. Leider hatte er noch einen so genannten offenen Deckel hinterlassen, den meine Mutter nach der Hochzeit bezahlen musste. Mein Vater wohnte also nicht weit entfernt von seiner zukünftigen Frau, was er zu diesem Zeitpunkt aber nicht wusste. Denn meine Mutter wohnte auch in Mariendorf in der Fritz-Werner-Straße 38, die parallel zur Großbeerenstraße verlief. Sie wohnte dort bei ihren Pflegeeltern Franz Thierling mit seiner Frau Erna, deren beiden Tochter Monika und der Oma Elisabeth Müller, eine geborene Kroll. Oma Elisabeth war die Mutter von Erna Thierling und die Oma von meiner Mutter, da die Mutter von meiner Mutter die zweite Tochter von Elisabeth Müller war. Oma Elisabeth war eine strenge Frau. Sie wurde am 6. März 1869 in Berlin geboren und starb am 12. April 1954 im Alter von 85 Jahren. So alt wollte sie auch nur werden, hat mir meine Mutter mal erzählt.

Ich habe Oma Elisabeth nicht kennen gelernt, denn ich bin ja erst 1955 geboren worden. Aber Oma Elisabeth kannte meine Schwester Rosel. Meine Schwester bekam von Oma Elisabeth immer etwas auf die Fingerchen, wenn sie an der alten Nähmaschine von Oma rumfummelte.

Oma Elisabeth war zweimal verheiratet, ließ sich aber von beiden Männern scheiden. Der eine Mann war ein Spieler und der andere Mann hatte Oma Elisabeth mit ihrer besten Freundin betrogen. Offiziell hat Oma Elisabeth nicht gearbeitet, inoffiziell war sie Putzfrau im Admiralspalast in der Friedrichstrasse im Stadtteil Berlin Mitte.

Oma Elisabeth zeigte keine Gefühle, sie lachte nicht viel und weinen konnte sie wohl gar nicht. Bestimmt war sie durch ihre Ehemänner in ihren Gefühlen sehr verletzt worden.

Der Pflegevater meiner Mutter Franz Thierling war arbeitslos, genauso wie mein zukünftiger Vater Günter Schmidt aus der Großbeerenstraße. Beide waren Kollegen bei der Fritz-Werner AG in Marienfelde gewesen und trafen sich nun auf dem Arbeitsamt. Kollege Franz war der Meinung, dass der Kollege Günter der richtige Mann für seine Pflegetochter Ruth sei und lud den ehemaligen Arbeitskollegen und jetziger Leidensgenosse zu sich nach Hause ein. Kollege Günter kam auch zu Besuch und fand Gefallen an der Pflegetochter Ruth. Leider war zu diesem Zeitpunkt dieses nur ein einseitiges Gefallen, da die Tochter Ruth eher kühl wirkte. Sie war mehr in der Küche als im Wohnzimmer, wo die beiden Männer hockten. Nach ein paar Besuchen bei der Familie Thierling gab Kollege Günter erst einmal auf. Vielleicht wollte er sich nochmals umschauen, ob es noch andere nette Mädels gab.

Eines Tages war er wieder in der Fritz-Werner-Straße, hatte sich aber vorher bei seinem Vater erkundigt, was der davon hielte, wenn er eine Frau mit Kind kennen lernen würde. Meine Mutter hatte nämlich schon eine kleine Tochter Rosemarie Ramona genannt Rosel. Jedenfalls kam der junge Mann wieder zu Besuch und ging mit dem netten Mädel zum ersten Mal aus. Sie gingen in das Kino Südpalast und sahen sich den Film „Mein Freund Chalne" an. Er spendierte ihr eine Tafel Catburry für 50 Pfennige und sie waren glücklich. Heute lächelt so mancher über die 50 Pfennige, aber mein Vater bekam damals nur 6 Mark Arbeitslosenunterstützung. Der junge Mann Günter und das nette Mädel Ruth kamen sich langsam immer näher. Man unternahm Fahrradtouren zum großen Fenster am Berliner Wannsee, wobei er die liebevoll hergerichteten Stullen des jungen Mädels alle aufaß und sie wegen seiner quietschenden Fahrradkette und mangels Öls für die selbige auch noch Fahrrad schiebend durch den lockeren Dünensand laufen musste. Wobei sie verständlicherweise etwas ungehalten war. Sie sahen sich am Grunewaldturm eine Sonnenfinsternis an und hatte noch so manches schönes Erlebnis zusammen.

Dann ging alles sehr schnell. Der junge Mann hatte seit dem 8. Januar 1954 wieder Arbeit und am 12.12.1954 wurde Verlobung gefeiert.

Nachwuchs war auch schon unterwegs. Vielleicht aber nur deswegen, weil der junge Mann die Tage wo eine Frau zur Empfängnis bereit ist und wann nicht durch einander brachte, obwohl sein Vater ihn extra darauf hingewiesen hatte. Nach der Hochzeit zogen die frisch vermählten Eheleute in die Großbeerenstrasse in die Wohnung der Eltern des jungen Mannes. Sie bewohnten dort das kleine Zimmer zu Straßenseite. Ihre Betten standen hintereinander und es war etwas eng im Zimmer. Als ich am 1. Mai 1955 geboren wurde, wohnten in der 2 Zimmerwohnung immerhin 6 Personen. Mein Bett stand nun auch in diesem kleinen Zimmer und meine Eltern mussten in einem Bett schlafen. Manchmal war an Schlaf nicht viel zudenken. Denn schon als Baby fühlte ich mich zur Bastelei hingezogen, denn ich zerlegte häufig meinen Nuckel. Dieser Nuckel bestand aus drei Teilen, dem Ring, dem Gumminuckel und der Platte. Als nun ein Teil des Nuckels, nämlich die Platte, bei einer erneuten Zerlegung irgendwo verloren ging, musste mein Vater, nachdem er mein Bett komplett zerlegt hatte und trotzdem die Platte nicht fand, in die Drogerie gehen und einen neuen Nuckel kaufen. Denn ohne diesen Nuckel konnte ich ja nicht einschlafen.

Als dann im Haus eine alte Mieterin in ihrer Wohnung verstarb, zogen wir vier 1956 ein paar Treppen tiefer in die erste eigene Wohnung ein. Eine großartige Möblierung war mangels nötigen Kleingelds nicht vorhanden. Aus heutiger Sicht war es dort, obwohl sehr einfach, richtig schön gemütlich und warm. Warm im Sinne von Geborgenheit. Es war anfangs nicht ganz angenehm für meine Eltern in dieser Wohnung zu leben, da die alte Frau nach ihrem Tod noch eine paar Tage in der Wohnung gelegen hatte.

Die Wohnung hatte in der Küche einen Kaltwasseranschluss und die Toilette befand sich auf einem Treppenabsatz im Hausflur. Jeder Mieter der keine Toilette in der Wohnung hatte, und das waren zur damaligen Zeit die meisten, besaß einen Schlüssel. Wenn ich mal musste, dann war entweder besetzt, oder es war nicht gerade die beste Luft in diesem sehr kleinen Raum. Außerdem war es in den Wintermonaten schweinekalt auf der Toilette.

Aber die Freude war doch groß endlich eine eigene Wohnung zu besitzen. Über dem Türrahmen der Wohnungstür stand: „Mein Haus ist meine Burg!"

Die Wohnung wurde mit Kohleöfen beheizt. Die Kohlen dafür waren im Kohlenkasten in der Küche. Der Kohlenkasten wiederum wurde mit Kohlen aus dem Keller gefüllt, die meine Eltern mit Hilfe von Emailleeimern aus dem dunklen Keller nach oben schleppten. Wurde der Keller mit neuen Kohlen aufgefüllt, fluchte mein Vater manchmal fürchterlich, da er beim runter tragen der Säcke auf der Kellertreppe mit dem Sack immer an der Kellerdecke hängen blieb. Auf dem Kohleofen oder auch Kochmaschine, wie man es früher nannte, wurde auch das

Essen gekocht. Dieser Kohleofen übte eine große Faszination auf mich aus. Immer wenn die Ofenklappe geöffnet wurde, um Holz oder Kohlen nachzulegen, sah ich das schöne warm flackernde Feuer. Eines Tages nahm ich mein kleines Notizbuch, öffnete die Ofenklappe und hielt das Notizbuch in die Flammen. Der Plastikumschlag begann zu schmelzen und das Papier fing an zu brennen. Oh, Schreck wohin nun damit. Als Kind kommt einen nicht die Idee das brennende qualmende Ding einfach in den Ofen zu werfen und die Ofenklappe zu schließen und somit die Sache einfach zu vergessen. Nein, es war ja etwas Verbotenes, was ich da tat. Also Ofenklappe zu und das brennende Notizbuch in die Kohlenkiste geschmissen und Deckel zu. Durch das Schließen des Deckels erlosch das Feuer und das versengte Notizbuch fing an zu qualmen. Da der Deckel des Kohlenkastens nicht ganz dicht abschloss, kroch der Qualm langsam aus der Kiste und sein Geruch verbreitete sich in der Küche. Ich tat ganz scheinheilig und ging zu meiner Mutter in die Stube, um ihr zu sagen, dass es in der Küche so merkwürdig riecht. Als meine Mutter die Küche betrat und den Qualm aus der Kohlenkiste sah, war ihr klar das ich gekokelt hatte. Nun brannte außer dem Feuer im Ofen auch noch mein Hinterteil!

**Hier ein Bild der Küche,
mit dem Kohlenkasten**
(Ostereiersuche)

Eines Abends gingen Mama und Papa ins Kino und überließen mich der Wachsamkeit meiner großen Schwester, die ja drei Jahre älter war als ich. Meine Schwester Rosel schlief auf einer ausklappbaren Couch. Ich aber schlief nicht, sondern raffte mein Nachthemd hoch, kletterte aus meinem Gitterbett und nach dem ich meine Mama und meinen Papa nicht in der Wohnung fand, öffnete ich die Wohnungstür und schaute im Hausflur nach, ob sie vielleicht dort sind! Angst hatte ich keine, allein so im Hausflur. Nur meine Eltern hatten einen riesigen Schreck bekommen als meine Schwester ihnen von meinem Ausflug erzählte.

**Das ist meine Schwester
Rosel**

Einmal in der Woche wurden wir von Kopf bis Fuß gewaschen. Das geschah immer in einem Holzzuber, der auf dem Dachboden stand. Dafür wurden ein paar Kessel mit Wasser auf dem großen Kohleherd in der Küche heiß gemacht und auf den Dachboden getragen. Hatte das Wasser dann die richtige Badetemperatur, wurden wir Kinder reingestellt und abgeschruppt. Das Bad auf der Tenne sozusagen.

Auch die Wäsche wurde in diesem Holzkübel auf dem Dachboden gewaschen, mit Waschbrett und Kernseife. Große Teile der Bettwäsche, wie Laken und Bezüge, legte meine Mutter in einen Wäschekorb und der wurde dann zu einer Drogerie im Forddamm geschleppt. Diese Drogerie hatte im Keller eine große Heißtrommel. Es war kein schöner Raum, da die Wände nicht verputzt waren und nur eine spärliche Lampe brannte. Überall hingen Spinnweben an Decke und Wänden. Das einzige schöne war der Geruch nach Anmachholz und frische Seife. Ich wurde auf einen Tisch gesetzt und Mutter schob Wäschestück für Wäschestück durch diese riesige Monsterwalze. Anschließend kam die gebügelte Wäsche wieder in den Korb zurück und wurde nach Hause getragen. Das war natürlich alles sehr mühsam.

Da meine Eltern immer darauf geachtet hatten, dass wir sauber und adrett waren, müssten ja auch mal die Haare geschnitten werden. Es gab davon zwei Varianten. Die erste Variante hieß Onkel Fritz und Tante Trude. Beide wohnten im Lauxweg. Onkel Fritz war im Besitz einer mechanischen Haarschneidemaschine, die aber aufgrund von permanenter Stumpfheit mehr an den Haaren ziepte, als das sie schnitt. Das war nicht gerade angenehm. Die zweite Variante war der Friseur in der Großbeerenstraße. Der hatte draußen vor dem Geschäft noch den silbernen Teller des Barbiers zu hängen. Auch diese Variante war nicht viel besser gewesen, als die von Onkel Fritz. Aber der Friseur hatte wenigstens vernünftige Haarschneidegeräte, dafür aber einen riesigen Grützbeutel auf der Stirn, den ich natürlich ständig betrachten musste. Immer wenn ich zum Haare schneiden dran war, wurde eine Fußbank auf den Friseurstuhl gestellt, man hob mich hoch und setzte mich da drauf. Der Frisiervorhang wurde umgebunden und danach das Haar recht kurz geschnitten. Onkel Fritz und Tante Trude waren keine „echten" Verwandten, denn Onkel Fritz war ein Arbeitskollege von Opa Thierling.

In unserem Mietshaus wohnte zur damaligen Zeit noch eine Hauswartsfamilie, die mit Nachnamen Weissacher hießen. Ihre Wohnung befand sich im Eingangsbereich auf der linken Seite des Hauses und gegenüber der Wohnungstür war der Treppenaufgang der zu unserer Wohnung führte. Diese Hauswartsfamilie hatte einen Hund. Bubi genannt. Dieser Bubi war ein Spitz und saß entweder im Wohnzimmer am Fenster, wobei sein Kopf auf einem Kissen ruhte und er durch die von ihm selbst voll gesabberte Scheibe schaute oder er saß auf der Eingangstreppe zur Wohnung im Hausflur und wartete auf ein Opfer. Das war für mich der Moment wo ich wusste, dass ich wahrscheinlich nicht ohne Biss in mein Hinterteil oder mein Bein, das Haus betreten konnte. Immer wenn ich vom Spielen kam und das Haus betreten wollte, war die erste Frage: „Wo ist Bubi?".

War er am Fenster konnte ich schnell die große schwere Haustür öffnen und rechts die Treppe hinaufflitzen. Saß er aber auf der Eingangstreppe, konnte ich die Tür nur einen Spalt öffnen und musste warten bis Herr Weissacher den zähnefletschenden, sabbernden und bellenden Bubi am Kragen nahm, in die Wohnung brachte und die Wohnungstür schloss.

Der Hinterhof des Wohnhauses war für mich auch immer sehr spannend, denn dort befanden sich noch Kaninchenställe und die Hühner liefen wie bei Witwe Bolte auf dem Boden herum. Das Nachbargrundstück nebenan war für mich auch ein sehr interessanter Spielplatz. Dieses Grundstück war unbebaut und dort wuchsen außer vielen Unkräutern auch Hagebuttensträucher. Die Früchte dieser Sträucher wurden vom meinem Opa gepflückt und dann zu Hagebuttenwein verarbeitet. Zu dieser Zeit stand dann immer eine dicke Glasflasche mit einem Gärungsröhrchen auf dem großen Kachelofen in der Stube meiner Großeltern. Ich fand es als Kind immer komisch, wenn aus diesem Röhrchen die Luftblasen entwichen. Kamen keine Luftblasen mehr aus dem Röhrchen, wurde die dicke Glasflasche vom Ofen genommen und der Inhalt in Flaschen gefüllt. Am Wochenende saß dann die Familie in der Stube und spielte Canasta. Es gab Kaffee, Zucker- und Butterkuchen vom Blech und natürlich Hagebuttenwein. Das war wohl ein komisches Getränk, dieser Hagebuttenwein, denn nach ein paar Gläsern wurden alle irgendwie lustiger. Ich saß derweil auf kleine Oma ihren Sessel, hatte die behäkelte Nackenrolle im Genick und sah den albernen Erwachsenen zu.

Einmal wurde ich zum Spaß der Erwachsenen von meinem Vater auf den großen, hohen Kachelofen, wo sonst die dicke Glasflasche stand, gesetzt. Alle fanden, dass sehr lustig, nur ich nicht. Ich saß auf dem Ofen. Heulend vor Angst. Diese Angst hatte einen sehr großen Einfluss auf mein späteres Leben. Sie ist prägend bis zum heutigen Tag. Es galt der Satz die Erfahrungen der ersten Lebensjahre bespielen das Tonband in deinem Kopf, dass dich dein ganzes Leben lang begleiten wird und das dich unbewusst beeinflusst.

In der Großbeerenstraße fuhr damals die Straßenbahn der Linie 11 und am Straßenrand standen große Eichenbäume. Wenn die Bäume im Herbst ihre Früchte abwarfen, war die ganze Straße bedeckt und es knackte immer so schön, wenn ich darauf trat. Was ich natürlich liebend gern machte.

Damals durften die Erwachsenen, im Gegensatz zu heute, noch überall ihre Zigaretten rauchen, auch in der Straßenbahn. Mein Vater drehte seine Zigaretten mit einer kleinen Maschine selbst. Die gedrehten Zigaretten kamen dann in ein Zigarettenetui aus Metall. An einem Silvesterabend präparierte sich mein Vater ein paar Zigaretten mit kleinen weißen Dreiecken. Diese Dreiecke hatten die Aufgabe nach dem anzünden der Zigarette mit einem Knall zu explodieren. Das Problem dabei war, dass er nicht mehr wusste in welchen Zigaretten die Knallkörper versteckt hatte. Es sollte so kommen, wie es kommen musste. Als er sich in der Straßenbahn eine Zigarette anzündete, gab es einen Knall und die Zigarette explodierte zur Belustigung der anderen Fahrgäste. Mein Vater fand das dann doch nicht so lustig, ihm war das eher etwas peinlich.

Leider steht das Haus in der Großbeerenstraße heute nicht mehr, das Grundstück wurde von der Firma Kaisers Kaffee gekauft und das Haus abgerissen. Die Firma baute dort einen Supermarkt. Alle Versuche noch ein Bild des Hauses aufzufinden, blieben leider bis heute erfolglos.

In die Großbeerenstraße kamen wir jetzt nur noch, um Oma und Opa zu besuchen. Das war dann ab der Herbstzeit, denn im Sommer wohnten sie immer in ihrem Garten in Marienfelde. Wenn wir dann an der Wohnungstür standen und klingelten und die Türe geöffnet wurde, war immer die erste Frage: „Was denn, ihr lebt ja auch noch!" Denn Telefon gab es nicht und somit hat man sich nur ab und zu mal am Wochenende besucht. Auch war das Verhältnis meiner Mutter zu ihrer Schwiegermutter nicht das Beste. Meine Oma hatte immer meine Schwester bevorzugt und sich in die Dinge von Mama und Papa ein gemischt und das missfiel den Beiden. Deshalb bestand kein Grund eines häufigen Besuches.

In die Wohnung meiner Großeltern zogen viele Jahre später meine Schwester mit ihrem Mann ein. Das Zimmer, wo meine Eltern und ich sehr beengt schliefen, wählten meine Schwester und ihr Mann als Wohnzimmer aus und in der großen Stube richteten sie ihr Schlafzimmer ein.

Diese Wohnung besaß im Übrigen eine Innentoilette, dessen Becken auf einem kleinen Sockel stand. Da die Abwasserrohre in diesem alten Haus auch nicht mehr die jüngsten waren und es ab und zu Verstopfungen gab, stand neben der Toilette immer griffbereit der Gummipümpel.

Denke ich heute an die Großbeerenstraße zurück, so steigt der Duft der Eicheln im Herbst noch immer in meine Nase.

Nun hatte ja nicht nur mein Vater einen Vater und eine Mutter, sondern meine Mutter natürlich auch.

Die Mutter meiner Mutter hieß Gertrud Elisabeth Elli, war eine geborene Fiedler und hatte durch die Hochzeit mit ihrem Mann Erich Philipp Vicari einen schönen sizilianischen Nachnamen bekommen. Gertrud Elisabeth Elli wurde 1906 in Berlin geboren, wo sie auch 1998 im Alter von fast 92 Jahren starb.

Somit hatte ich drei Omas. Oma Wally, Oma Thierling und Oma Gertrud, die Dieter-Oma genannt wurde, denn der eine Sohn hieß Dieter. Leider hatte ich aber nur zwei Opas. Opa Willi und Opa Thierling, denn der andere Opa, Opa Erich, der Mann von Dieter-Oma, war aus dem Zweiten Weltkrieg nicht mehr zurückgekehrt.

Meine Mutter, geboren am 12. Dezember 1934, hat ihren Vater, der 1905 in der Nähe von Saarbrücken geboren wurde, leider auch nicht richtig gekannt, da sie noch zu klein war, als er in den Krieg ziehen musste. Ihr Vater hatte bei der Firma Siemens gearbeitet und wurde vom Kriegseinsatz freigestellt. Im März 1945 wurde der Vater meiner Mutter von der Firma Siemens freigestellt und musste doch noch als Soldat in den Krieg ziehen. Welch ein Schicksal! Im April 1945 ist er dann in Tschechien gefallen, er wurde dort wohl von der Wehrmacht erschossen. Am 8. Mai 1945 hatte Deutschland kapituliert und der 2. Weltkrieg war zu Ende. Meine Oma ließ zwar über das Deutsche Rote Kreuz nach ihm suchen, aber es gab keine Erkenntnisse über seinen Verbleib. 1967 wurde der Vater meiner Mutter und mein Opa dann offiziell für tot erklärt. Todesdatum 31.12.1945

Dieter-Oma hatte insgesamt sechs Kinder. Davon waren drei Mädchen. Das Mädchen Elfriede, die Elfi oder auch Friedel gerufen wurde, deren vollständiger Name aber Elfriede Erna Inge war. Das Mädchen Ursel, deren vollständiger Name Ursula Gertrud Gerda lautete und meine Mutter Ruth Gertrud, kurz Ruth genannt und drei Jungen. Den Jungen Dieter, mit kompletten Namen Franz Dieter, den Jungen Peter und den Jungen Horst. Wobei der Sohn Horst, also einer meiner Onkels, der älteste Sohn war.

Er wurde am 21. Januar 1932 geboren und sein vollständiger Name war Horst Erich Vicari. Franz Dieter wurde am 11. April 1944 in Reitendorf geboren und am 15.4.1944, also vier Tage später in Berlin getauft. Warum ihr Bruder nun gerade in Reitendorf (tschech. Rapotín) zur Welt kam, wusste meine Mutter auch nicht. Ihre Tochter Ursula Gertrud Gerda brachte meine Oma im Berliner Bezirk Lichtenberg am 23. März 1927 zur Welt. Was hatte meine Oma denn dort wieder zu suchen? Die Tochter Elfriede Erna Inge wurde am 20. März 1928 geboren. Also knapp ein Jahr später. Mein Vater sagte später einmal: „Wären nicht noch ein paar Kinder durch die Roste gefallen, hätte Dieter-Oma noch mehr Kinder zu versorgen gehabt". Damit meinte er wohl die Fehlgeburten die meine

Oma hatte. Vicari´s waren in Sachen Liebe eben heiße Sizilianer!

Die Kindheit meiner Mutter begann in der Ackerstraße 31-32 in Berlin-Wedding. Da sich Dieter-Oma nicht um alle sechs Kinder kümmern konnte, kam meine Mutter im Alter von zirka vier Jahren zu ihrer Tante Erna Thierling nach Mariendorf. Meine Mutter sagt aber, sie sei zur Erholung nach Mariendorf geschickt worden.

Dort sollte sie sich von einem Krankenhausaufenthalt erholen. Bei ihr hatte man Diphtherie-Erreger im Blut gefunden und obwohl sie selbst nicht krank war, musste meine Mutter ins Krankenhaus auf eine Isolierstation. Meine Mutter sagt zwar heute, dass es ihr in der Fritz-Werner-Straße und im Garten von Onkel Franz und Tante Erna sehr gut gefallen hat und sie deshalb bei ihnen geblieben ist, aber in Wirklichkeit war meine Mutter sehr traurig, dass ihre Mutter ausgerechnet sie aus der eigenen Familie weggeschickt hatte.

Warum dies geschah, ist nie richtig geklärt worden. Auch nicht zwischen Mutter und Tochter.

Oma und Opa Thierling, Dieter-Oma, Monika, Rosel und ich

Dieter-Oma zog dann später in die Marieannenstraße im Berliner Ortsteil Kreuzberg, gegenüber vom Bethanien-Krankenhaus. Viele Jahre später ist sie dann nach Berlin-Mariendorf in den Forddamm gezogen.

Ich hatte natürlich noch mehr Verwandte, denn zu dieser Zeit waren die Familien noch recht groß. Da waren noch Onkel Gustav und Tante Martha, die an der alten Heilandsweide in Berlin Marienfelde wohnten und Tante Else aus Friedenau. An ihren Mann, also einen meiner Onkel, kann ich mich nicht mehr erinnern, da ich ihn nie gesehen habe, denn er war Seemann und sehr selten zu Hause. Dann waren da noch Onkel Walter und Tante Edith, die manchmal an den Canastarunden teilnahmen. Es gab natürlich noch mehr Verwandte, aber an alle kann ich mich nicht mehr erinnern, denn dazu war ich noch zu klein.

Aber die Verwandten, die in meinem Leben eine Rolle spielten, habe ich erwähnt.

1954 bekam mein Vater bei der Firma Daimler in Marienfelde eine Arbeit als Maschinenschlosser. Da die Firma bei der Wohnungsbaugesellschaft GAGFA Mietwohnungen für die Mitarbeiter gekauft hatte, konnten wir 1961 eine drei Zimmerwohnung mit fließend Warmwasser und Bad in der Eisenacherstraße 48c in Mariendorf beziehen. Obwohl die Miete für den damaligen Lohn meines Vaters zu hoch war, haben meine Eltern diese Wohnung genommen. Meine Mutter konnte sehr gut wirtschaften und mein Vater verbesserte durch Wochenend- und Extraarbeit bei Daimler seinen Lohn. Auch meine Mutter arbeitete, um das Haushaltgeld aufzubessern. Sie machte bei Frau Fiege und Frau Borchert, die in derselben Siedlung wohnten, die Wohnung sauber. Meine Eltern haben immer alles getan, damit es meiner Schwester und mir an nichts mangelte.

Ein sehr wichtiges Datum hätte ich fast vergessen. Das Datum meiner Taufe. Es war der 20. März 1960 und ich war schon fast fünf Jahre alt. Getauft wurde ich vom Pfarrer Schachtschneider in der schönen alten Dorfkirche in Mariendorf. Zum Taufbecken bin ich zu Fuß gelaufen. Mich brauchte keiner tragen und auch nicht über das Taufbecken halten.

Die Dorfkirche in Mariendorf

Die Wohnung in der Eisenacherstrasse war sehr schön. Vom Balkon aus sah man auf Laubenkolonien und in der Ferne waren das Ullsteinhaus und der Flughafen Tempelhof zu sehen. Links und rechts vom Hauseingang waren Rosenbeete angelegt und es gab einen Spielplatz mit einer Buddelkiste und Bänke zum Sitzen. Ganz in der Nähe unserer Wohnsiedlung befand sich der sehr schön angelegte Volkspark Mariendorf und das in den fünfziger Jahren entstandene Sommerbad Mariendorf.

Auch diese Wohnung wurde durch Kachelöfen beheizt. Wobei im Wohnzimmer ein großer Ofen und im Schlafzimmer und Kinderzimmer jeweils ein kleiner Kachelofen stand. In der Küche gab es einen kleinen Kochherd, auf dem in der kalten Jahreszeit immer ein Kessel mit heißem Wasser stand. Das Bad, mit Badewanne, wurde durch eine Heizfliege beheizt. Diese wurde aber nur zum Baden eingeschaltet. Meine Mutter heizte immer erst den großen Ofen im Wohnzimmer an. Wenn dann die ersten Kohlen richtig durchgeglüht waren, nahm meine Mutter die Kohlenschaufel und holte eine dieser glühenden Kohlen aus dem Ofenloch und trug die glühende, vor sich hinqualmende Kohle auf der Schippe zum nächsten Ofen und legte die Kohle hinein. Ich bekam als Kind immer fast einen Herzanfall, weil ich daran dachte, was passiert, wenn die glühende Kohle von der Schaufel fällt. Aber meine Mutter war da völlig sorglos und fütterte so jeden Ofen in der Wohnung. Dann wurden auf die glühenden Kohlen noch Eierkohlen geschüttet und der Heizvorgang war dann erstmal beendet.

Meine Mutter verheizte in diesen Öfen alles, was nur brannte. Papas alte Hausschuhe, die alte Schulmappe, Pappe und auch Styropor. manchmal glühte schon das Ofenrohr und die Tapete darum verfärbte sich ins bräunliche. Es kam auch vor, dass nach dem Öffnen der Ofenklappe einer Stichflamme raus schoss. Das war dann die Antwort des Ofens auf die übermäßige Fütterung. Nach Weihnachten wurde grundsätzlich der Weihnachtsbaum verheizt. Einmal gab es dabei im Wohnzimmer einen Knall und die obere Kachelplatte hob kurz mal ab und es verteilte sich etwas Ruß im Zimmer. Meine Mutter die Katastrophenheizerin!

Die Ofenwärme war im Gegensatz zur Zentralheizung eine schöne, angenehme Wärme. Außerdem konnte man in der Ofenröhre Essen warmhalten, Bratäpfel machen und kleine

Säckchen mit Kastanien anwärmen, die an sehr kalten Tagen dann ins Bett zum wärmen der Füße gelegt wurden.

Die Kohlen wurden immer im Sommer gekauft, da waren sie preiswerter als wenn man die Kohlen im Winter gekauft hätte. Es gab immer eine Art Sammelbestellung aller Mieter der Wohnsiedlung, was den Preis für die Kohlen nochmals senkte. Die Anlieferung der Kohlen war immer ein besonders Erlebnis für mich. Es kamen mehrere Unimog Zugmaschinen mit zwei Anhängern im Schlepptau auf den Parkplatz gefahren.

Darauf befanden sich die Kohlenkästen mit den gestapelten Steinkohlen. Andere Anhänger waren mit den Eierkohlen bestückt. Viele mit Kohlenstaub bedeckte Männer trugen dann die Kästen in die einzelnen Keller.

Unsere Wohnung hatte, wie schon beschrieben, drei Zimmer. Wohnzimmer, Schlafzimmer und Kinderzimmer. Meine Schwester und ich benutzten das Kinderzimmer tagsüber gemeinsam zum spielen. Am Abend trennten sich dann unsere Wege, meine Schwester schlief im Kinderzimmer, während ich im Wohnzimmer auf der Klappcouch nächtigte. Im Dunkeln war das für mich als kleiner Junge immer sehr gruselig, denn zwischen dem Ofen und der Wohnzimmerwand strahlte immer ein helles Licht und ich dachte, dass es ein Einbrecher mit seiner Taschenlampe ist. Ich zog mir dann die Bettdecke über den Kopf und versuchte zu schlafen. Unter der Bettdecke wurde es immer wärmer und ich fing an zu schwitzen, also musste ich mich wieder aufdecken und weiterhin Angst vor dem Einbrecher haben. In Wirklichkeit war es aber das Licht aus den Stuben der gegenüberliegenden Häuser, die durch das Küchenfenster und dann zwischen Ofen und Wohnzimmerwand strahlte.

Als wir noch keinen Fernseher hatten, hörten wir abends alle noch Radio. Das war schön gemütlich. Alle lagen im

Bett und hörten am Montag und Freitag im RIAS die Sendung „Die Schlager der Woche" mit Lord Knud als Moderator oder die Kabarettsendung „Die Insulaner". Der RIAS mit richtigen Namen „Rundfunk im amerikanischen Sektor" war ein Radiosender, der von den westlichen alliierten „Besatzungsmächten" betrieben wurde. Am Sonntagvormittag hörten wir immer die Kindersendung „Der Onkel Tobias vom RIAS ist da", in dieser Sendung wurden Märchen erzählt oder Kasperletheater übertragen. Punkt 12 Uhr wurde das Läuten der Berliner Freiheitsglocke vom Schöneberger Rathaus übertragen, gefolgt vom Verlesen des „Freiheitsgelöbnisses". Meist haben wir zu diesem Zeitpunkt Mittag gegessen und hörten nach den Nachrichten die Sendung „Die Stimme der Kritik" von und mit Friedrich Luft, der mit seiner markanten Stimme und schnellem sprechen, ohne irgendwie Luft zu holen, die Berliner Kulturszene kritisierte.

Speziell für uns Berliner Hörer gab es die Sendung „Wo uns der Schuh drückt". In dieser Rundfunksendung sprach immer der amtierende Bürgermeister von Berlin über die Berlinpolitik. Es gab aber auch Quizsendungen im Radio z. B. „Wer fragt gewinnt", „Allein gegen Alle" und das „Klingende Sonntagsrätsel" mit Hans Rosenthal, der in den späteren Jahren die Fernsehsendung „Dalli, Dalli" moderierte. Die Sendung „Damals war´s – Geschichten aus dem alten Berlin" war auch eine sehr spannende Rundfunksendung. Diese Sendung war mit 462 Folgen genauso erfolgreich wie die Fernserien „Lassi" oder „Fury".

Der RIAS war ein sehr bürgernaher Sender und heißt heute 94,3 rs2 und sendet immer noch auf der gleichen Frequenz von 94,3 MHz, so wie damals der RIAS.

Zu dieser Zeit hatten viele Menschen noch keinen Fernseher. Das erste Mal „ferngesehen" haben wir bei Familie Nagel in der Fritz-Werner-Straße. Familie Nagel waren die Nachbarn von Oma und Opa Thierling. Da Familie Nagel den einzigen Fernseher im Haus hatte, waren fast alle Nachbarn zum schauen gekommen. Der erste Film der da über den Bildschirm flackerte, war der Spielfilm „Soweit die Füße tragen". Irgendwann hatten wir dann auch einen Fernseher. Das Gerät war in einem Schrank, der zwei Türen zum Abschließen hatte, eingebaut. Wollte man den Ton lauter oder leiser machen, oder das Gerät ein oder ausschalten, musste man noch vom Sessel aufstehen, denn eine Fernbedienung gab es zu der Zeit noch nicht. Mein Vater schaute sich damals immer die Serie „Mit Schirm Charme und Melone" an. Ich hätte das auch gerne gesehen, musste aber auf der Couch immer mit dem Gesicht zur Wand liegen bleiben, da für mich ja schon Schlafenszeit war. Somit bekam ich diese Serie nur als Hörspiel mit. Da ja schon damals, wie heute das Fernsehen von Wiederholungen lebt, habe ich mir die Serie viele Jahre später angeschaut.

Im Fernsehen gab es am Anfang nur das Programm der ARD, erst später kam das Programm des ZDF dazu. Das Fernsehbild wurde noch in schwarz/weiß ausgestrahlt. Das Farbfernsehen gab es erst ein paar Jahre später. Fernsehen rund um die Uhr war auch nicht gegeben. Die Fernsehsender strahlten nur ein paar Stunden vom späten Nachmittag bis zirka 22 Uhr ihre Sendungen aus. Klassiker waren damals die Berliner Abendschau vom Sender freies Berlin, kurz SFB genannt, mit Oskar der immer ganz schnellen Karikaturen malte, dem Straßenfeger Otto Schruppke, gespielt von Wolfgang Gruner mit lustigen Kommentaren zur Politik und dem Medium-Terzett, mit einem sehr dicken Mann, der den riesigen Bass zupfte und diesen zwischendurch um die eigene Achse drehen ließ. Die Moderatoren der Sendungen waren Alexander von Bentheim und Hans Werner Kock. Der Moderator Hans Werner Kock verabschiedete sich immer von den Zuschauern mit dem Satz: „Macht´s jut Nachbarn". Die Sendungen waren sehr einfach, aber trotzdem gut gemacht. Eine ganz wichtige Sendung die vom Anfang des Fernsehens immer schon mit bei war, war die Tagesschau mit dem Nachrichtensprecher Karl-Heinz Köpcke.

Die Tagesschau gibt es immer noch und ist die älteste Nachrichtensendung im Fernsehen. Sie startete offiziell am 26. Dezember 1952, einen Tag nach dem Programmstart des NWDR-Fernsehens und fünf Tage nach der Erstausgabe ihres DDR-Pendants „Die Aktuelle Kamera" mit Karl-Eduard von Schnitzler.

Anfangs wurden wöchentlich drei Ausgaben der Tagesschau gesendet. Das Programm erreichte damals etwa 1.000 Zuschauer!

Werbung gab es auch schon, aber nicht in der nervenden Form wie heute bei den Privatsendern. Die Werbung wurde zwischen dem Fernsehfilm oder dem Spielfilm und vor Beginn der Nachrichten ausgestrahlt. „Greife lieber zur HB", sagte immer das Zeichentrick HB-Männchen aus der Zigarettenwerbung und Dr. Oetker pries sein Puddingpulver an, genauso wie die Dame von Persil ihr Waschpulver. Wer abends vor dem Fernseher einschlief, wurde spätestens nach Sendeschluss durch den hohen Pfeifton, der mit dem so genannten Testbild ausgestrahlt wurde, wieder geweckt.

Im Wohnzimmer in der Nähe vom Tisch stand eine Stehlampe mit drei biegsamen Armen und drei Hütchen, der typische Stil der fünfziger Jahre. Durch die biegsamen Arme konnte man zwei Lampen nach oben zur Decke und eine Lampe in Richtung Tischplatte zum Zeitungslesen biegen. Das war sehr praktisch.

Mein Vater fuhr bei Wind und Wetter mit dem Fahrrad zur Arbeit. Das war immer eine ganz schön lange Strecke von zu Hause bis zur Firma und damals wurde ja auch noch am Samstag gearbeitet. Also sechsmal hin und sechsmal zurück das Ganze. Wenn es regnete zog sich mein Vater ein Regencape über und los ging's. Es ist eigentlich erstaunlich, obwohl es keine großartigen elektronischen Hilfsmittel gab und vieles noch per Hand gemacht werden musste, hatten die Menschen mehr Zeit. Obst und Gemüse wurden im Garten geerntet und zu Hause in Weckgläser eingemacht. Marmelade wurde gekocht und Winteräpfel im Keller eingelagert. Die Milch wurde mit einer Milchkanne vom Kaufmann geholt und fast jeden Tag ist man im Konsum einkaufen gegangen, da es Supermärkte noch nicht gab und man keine großen Mengen mit dem Fahrrad oder im Einkaufsnetz transportieren konnte.

Damals hatte man Taschen oder Einkaufsnetze und die gekauften Waren selber wurden in Zeitungspapier, Papiertüten oder in Pergamentpapier eingewickelt. Plastiktüten gab es noch nicht und dieser heutige, zwar schön anzusehende aber in meinen Augen völlig unnütze und Rohstoffverschwendende Verpackungswahn, wo jedes einzelne Teil in Cellophanpapier eingepackt ist, gab es in den 60er Jahren auch nicht. Getränke waren immer in Pfandflaschen. Diese wurden, wenn sie leer waren, gesammelt und beim Konsum wieder zurückgegeben.

Der Konsum hatte alles. Gurken im Fass, lose Butter und Margarine, Heringe aus dem Fass, Strippe, Reißnägel und vieles mehr. Es gab ein bis zwei Verkäuferinnen und auch der Chef bediente seine Kunden. Payback gab es damals auch schon. Nur in einer anderen Form.

Für den eingekauften Warenwert bekam man als Kunde eine entsprechende Anzahl von Rabattmarken, die dann sorgfältig gesammelt und in ein Rabattmarkenbuch eingeklebt wurden. Das volle Rabattmarkenbuch gab man dann beim Kaufmann ab und bekam dafür Bargeld zurück.

Auf den Straßen war es sehr ruhig. Es gab Busse, Straßenbahnen, Fahrräder, und ab zu fuhr ein Auto, sonst waren nur die Bierkutscher von der Brauerei Schultheiß oder die Pferdewagen der Firma Bolle, die Milch auslieferten, auf den Straßen zu sehen. Das Bier für die vielen Kneipen, die es zu jener Zeit noch gab, wurde mit Bierkutschen angeliefert, die von Brauereipferden gezogen wurden. Diese Pferde waren Kaltblüter, also sehr ruhige und gutmütige Tiere. Denn Warmblüter, also Araber, sprich Rennpferde waren für diese Arbeit ungeeignet. Diese Brauereipferde zockelten gemütlich die Straße entlang. Sie sahen immer ganz stolz aus mit ihrem schönen Halsgeschirr.

Bevor der Bierkutscher die Fässer vom Wagen nahm, hängte er seinen Pferden den Futterbeutel vor das Maul. Die gelösten Zugleinen lagen über den Rücken der Gäule; sie klirrten leise, wenn die Tiere atmeten und sie klirrten laut, wenn die Pferde sich schüttelten. Die Köpfe der Pferde steckten bis zu den Augen im Futterbeutel und die Tiere prusteten in den Häcksel, um an den Hafer zu kommen.

Dann packten die Bierkutscher ein dickes Kissen auf die Straße und ließen die Bierfässer einzeln vom Wagen auf das Kissen plumpsen. Jedes Fass wurde dann mit den Händen in den Keller der Kneipe gerollt. Heutzutage kommt ein LKW mit einem Aluminiumtank auf seiner Ladefläche vor die Kneipe gefahren. Dann schließt der LKW-Fahrer einen Schlauch an den Tank und das andere Ende des Schlauches wird an der Hauswand, wo sich der Einfüllstutzen der Kneipe befindet, befestigt und das Bier läuft in einen Behälter im Keller der Kneipe. Das hat doch alles keinen Stil mehr oder?!

Als Kinder konnten wir noch auf der Straße spielen. Mein erster fahrbarer Untersatz war ein Holzroller. Mit dem bin ich immer die Straße hoch und runtergefahren. Dann spielten wir auch noch Hopse, oder Verstecken oder drehten mit der Peitsche den Kreisel. Auf dem Spielplatz in der Eisenacherstraße formten wir mit den Händen in der Ecke der Buddelkiste jeder ein Schiff. Der Gegner musste dann von der gegenüber liegender Ecke mit einem Stein versuchen das Schiff zu zerstören. Das Spiel nannten wir Schiffsschlacht.

Auf dem Gelände, wo übrigens ganz früher auch Laubenkolonien waren, standen in den angelegten Grünanlagen auch noch Apfelbäume, befand sich ein Müllplatz mit zwei Teppichklopfstangen. Auch wir nutzen diese Klopfstangen. Meine Mutter zum Teppich klopfen und wir Kinder zum Turnen. Leider gab es da eine alte Dame, die immer aus dem Fenster rausbrüllte, wir sollten damit aufhören. Was wir natürlich nicht taten.

Um sieben Uhr mussten meine Schwester und ich immer nach oben in die Wohnung. Eines Abends hatten meine Schwester und ich aber die Zeit verpasst und es war schon halb Acht, als wir an der Wohnungstür klingelten. Meine Mutter öffnete die Tür und fragte: „Wer seid ihr denn und was wollt ihr?" Wir antworteten, dass wir doch Rosel und Detlef seien und in die Wohnung möchten. Meine Mutter aber sagte: „Rosel und Detlef sind schon in der Wohnung, denn die kommen immer um sieben Uhr vom Spielen" und machte die Tür wieder zu. Wir beide standen vor der verschlossen Wohnungstür und heulten. Meine Mutter öffnete die Tür kurz darauf wieder und ließ uns ein. Das sollte eine Art Bestrafung sein, damit wir beim nächsten Mal pünktlich nach oben kommen.

Mich musste meine Mutter immer erst in der Badewanne abstellen, weil ich in Schuhen und Strümpfen immer den halben Sandkasten mit nach oben brachte. Mittags, pünktlich um 1 Uhr, war Mittagsruhe angesagt. Die ging dann bis nachmittags 15 Uhr und wurde vom Hausmeister Karl Napp strengstens befolgt. Von uns natürlich nicht. Wenn wir Kinder nach 1 Uhr immer noch auf dem Spielplatz waren, kam er mit schnellen Schritten um den

Häuserblock gelaufen und brüllte: „Jetzt ist Mittagsruhe, runter vom Spielplatz" Was wir dann auch taten. Aber dieser Vorgang wiederholte sich fast jeden Tag. Wir mussten ja sowieso mal eine Spielpause einlegen, Zeit zum Mittagessen war auch dran.

Auf dem Rasen durften wir natürlich auch nicht spielen, denn der wurde gehegt und gepflegt und dürfte nicht betreten werden. Andere Spielgeräte gab es nicht. Keine Wippe und keine Schaukel. Die gab es auf den Spielplätzen im Sommerbad und im Volkspark. Aber da dürften wir alleine nicht hin.

Meine Schwester ging ja schon zur Schule, aber ich hatte genug Spielkameraden die in meinem Alter waren. Meine Vorschulzeit war recht angenehm. Unsere Familie war häufig im Garten von Oma und Opa Thierling und auch im Garten von Oma und Opa Schmidt. Der Garten von Oma und Opa Thierling war an der Trabrennbahn Mariendorf und der andere Garte befand sich in Marienfelde, ein Stück hinter der S-Bahnlinie nach Lichtenrade. Ein Garten war während des 2. Weltkrieges und auch nach 1945 ein wertvoller Besitz. Auf dem Kleingartengelände wurden Kaninchen, Hühner und auch manches Lamm gehalten.

Opas Tauben- und Hühnerstall

Durch Obst- und Gemüseanbau konnte meine Familie doch den einen oder anderen Engpass in der Ernährung ausgleichen. Von meinen Eltern wusste ich, dass es damals nicht viel zu Essen zu kaufen gab, die Lebensmittel waren rationiert und vieles gab es nur auf Lebensmittelkarten Es gab Brot-, Fleisch- und Buttermarken und jedem Einwohner stand nur eine gewisse Grammzahl Lebensmittel zu. Da waren natürlich die Ernteerträge aus dem Garten eine wertvolle Hilfe. Bei Opa und Oma Schmidt war auf dem Korridor ein riesengroßes Regal mit Eingeweckten.

Bei Opa und Oma Thierling befanden sich die Vorräte im Keller. Lebensmittel waren damals so wichtig, dass Marmelade die schon etwas schimmelig an der Oberfläche war, nach entfernen des Schimmels noch einmal aufgekocht und neu verschlossen wurde. Das Einwecken war immer mit riesigem Aufwand verbunden, denn die eingeweckten Konserven sollten möglichst lange haltbar sein und durften nicht durch Bakterien und Pilzsporen verunreinigt sein, also fast steril. Um das zu erreichen, wurden die Weckgummi, die Weckgläser und die Halteklammer in kochendes Wasser gelegt. Das Obst wurde gekocht und alles in sehr heißem Zustand in die aus dem kochenden Wasser genommen Gläser eingefüllt, der Gummi wurde auf den Weckglasrand getan, dann kam der Deckel auf das Weckglas und alles wurde mit einer Metallklammer verschlossen.

Apfelsaft und Kirschsaft wurde auch gemacht. Dazu wurde das Obst in einem Alubehälter zerkocht und der Saft lief durch ein Sieb in einen Sammelbehälter. An diesem Behälter war ein kleiner Gummischlauch mit einer Quetschvorrichtung. Die Flaschen und die Gummiproppen zum Verschließen der Flaschen wurden auch in kochendem Wasser sterilisiert. Wenn genug Saft im Sammelbehälter war, wurde Flasche abgefüllt. Alles wurde dann sorgfältig mit Namen und Datum versehen und nach dem Abkühlen in das Regal auf dem Korridor oder in den Keller gestellt.

Opa Thierling beim Kirschen entsteinen

Während Oma und Opa Thierling immer sehr großzügig mit der Verteilung der Konserven waren, gaben Oma und Opa Schmidt eher selten etwas von ihren Vorräten ab.

Bei Opa und Oma Thierling im Garten konnten wir Kinder vieles machen, was wir bei Opa Schmidt nicht durften. Wir liefen auf den geharkten Gartenwegen rum, kletterten auf die Obstbäume und liefen manchmal auch durch die Beete. Dafür hätten wir bei Opa Schmidt die Harke in das Kreuz bekommen.

Bei Oma und Opa Thierling im Garten beim Mittagessen

Bei Opa Thierling gab es auch eine Schaukel, eine Buddelkiste und eine Badewanne, die im Garten stand. Diese Schaukel bot ein wunderbares Motiv um zu fotografieren. Es gibt Bilder wo meine Schwester und ich auf der Schaukel sitzen, meine Mutter, meine Schwester und ich noch im Steckkissen, ich alleine, meine Schwester alleine, Monika und meine Schwester, Monika alleine usw., Oma Thierling und meine Mutter usw., usw.

**Das ist die
Schaukel**

Die Laube war aus Stein gebaut und an der einen Außenwand wuchsen schöne Himbeeren. In der Laube befand sich ein Grammophon mit Kurbel. Dieses Grammophon war in einem Schrank eingebaut. Wenn es aufgezogen war und die dicke Nadel auf der Schelllackplatte lag, musste man die beiden unteren Türen des Schrankes öffnen, denn da kam die Musik raus.

Die Buddelkiste

Die Badewanne im Garten

Die Rennbahnkolonie war eine sehr große Kolonie und Reste davon sind bis heute erhalten. Im Sommer gab es immer ein großes Sommerfest. Ein großes Karussell mit Holzpferden war auf dem Festplatz aufgebaut und es gab eine Schifferschaukel, mit der man bei richtigem Schwung sogar einen Überschlag schaffte. Auf dem Dach des Vereinshauses war noch ein kleines Häuschen, darin saß die Kapelle und spielte Berliner Lieder.

Einen Onkel Pelle gab es auch. Das war ein Nachbar aus der Kolonie im Clownskostüm, der an uns Kinder Bonbons verteilte. Abends zum Abschluss gab es dann einen großen Fackelzug mit sehr schönen Papierlampions. Natürlich waren die meisten männlichen Gartenbesitzer immer ziemlich betrunken. Auch Opa Thierling. Da kam es dann vor, dass er sich aufgrund des zu vielen Bier und Schnaps auf dem Nachhauseweg zur Laube in irgendeiner Hecke erbrach und dabei sein Gebiss mit ausspuckte. Das musste meine Oma dann mühsam suchen gehen.

Monika und Rosel auf einem kleinen „Riesenrad" auf dem Sommerfest.

Eines Tages bevor mein Vater und ich aus dem Garten nach Hause gehen wollten, hatte mich mein Vater gewaschen und gestriegelt und angezogen. Zu dieser Zeit war ich stolzer Besitzer einer Plastiksonnenbrille, die ich nach dem Waschvorgang auch aufsetzte. Mein Vater und ich hatten uns nur wenige Meter vom Garten entfernt, da lag ich auch schon auf dem Schlackenweg und war von oben bis unten wieder schön dreckig. Mein Vater verhaute mir den Hosenboden, machte aus meiner schönen Sonnenbrille zwei Teile, schleppte mich in den Garten zurück und wusch mich ein zweites Mal.

Bei Opa und Oma Schmidt war das alles anders, dort mussten wir immer sehr artig sein. Die Laube war auch sehr klein und ich ging meistens vor dem Garten auf der Wiese spielen. Das einzig schöne war, dass im Garten, dort wo die Wasseruhr eingebaut war immer schöne kühle Schultheiss-Brause stand, die habe ich neben der Sinalco-Brause am liebsten getrunken. Einmal habe ich für Opa den Weg zwischen den Beeten geharkt. Als ich damit fertig war, habe ich die Harke auf dem Weg liegen gelassen, natürlich mit den Zinken nach oben. Als ich auf den Weg zurück ging, trat ich auf diese Zinken und mir kam pfeilartig der Harkenstiel entgegen, was natürlich mächtig weh tat.

Zum Garten fuhren wir mit Bus und Straßenbahn und dann mussten wir noch ein Stück zu Fuß gehen. In Bus und Straßenbahn waren immer ein Fahrer und ein Schaffner. Der Schaffner verkaufte die Fahrkarten und gab dem Fahrer das Signal zur Abfahrt.

Wenn der Fahrkartenblock des Schaffners alle war, bekamen wir immer den Rest vom Block. Aus diesem Block bastelten wir uns dann ein Daumenkino. Dazu malten wir mit Bleistift auf die Kanten des Blockes ein Strichmännchen, mit verschiedener Beinstellung. Einmal die Beine zusammen und auf dem nächsten Blättchen malten wir die Beine des Strichmännchens auseinander. Immer in der gleichen Reihenfolge. Durch abblättern der einzelnen Blättchen sah es aus, als ob das Strichmännchen lief. Unser Daumenkino war wie ein Zeichentrickfilm, nur nicht so aufwendig.

Wir Kinder haben immer sehr viel gebastelt. So machten wir im Herbst aus Eicheln und Kastanien mit Hilfe von Streichhölzern sehr viele lustige Tiere.

Dann im Jahr 1962 war für mich die schöne Vorschulzeit vorbei. Im April wurde ich eingeschult und besuchte die gleiche Grundschule wie meine Schwester. Wir gingen beide in die Carl-Sonnschein-Grundschule am Dardanellenweg in Mariendorf.

Carl-Sonnschein-Grundschule

Die Schule wurde nach Dr. Carl Sonnenschein benannt, einem katholischen Priester, der durch sein Auftreten im Arbeitermilieu sehr bekannt war. Er war sozial engagiert und kümmert sich um die armen Leute. Kurt Tucholsky bezeichnete ihn als "Zigeuner der Wohltätigkeit".

Detlef mit Schultüte

1962 Klasse 1a mit Klassenlehrerin Frl. Ostheeren

Wie schon erwähnt, ging meine Schwester Rosel auch auf diese Schule, nur drei Klassen über mir. Ich hatte in der ersten Klasse eine Lehrerin mit dem Namen Fräulein Ostheeren. Auf den Titel Fräulein bestand sie. Bei dieser Lehrerin hatte schon meine Mutter Unterricht gehabt. Meine Schwester bekam auch Unterrichtsstunden von dieser Lehrerin, was mir das eine oder andere Mal zum Verhängnis wurde. Immer wenn ich in den Unterrichtsstunden von Fräulein Osteheeren etwas ausgefressen hatte, meist waren es Störungen des Unterrichts durch schwatzen, oder nur einfache Unaufmerksamkeit meiner Person gegenüber der Lehrerin und dem Lehrstoff den sie uns vermitteln wollte. Das verpetzte die Lehrerin meiner Schwester und diese hatte nichts Besseres zu tun, es meiner Mutter brühwarm zu erzählen, wenn sie nach Hause kam. Da meine Schwester manchmal früher Unterrichtsschluss hatte, war sie natürlich vor mir zu Hause.

Kaum betrat ich die Wohnung wurde ich schon ausgemeckert und bekam bei schwereren Vergehen, nach kurzer Ansprache, gleich etwas an die Ohren. Oft war das nicht, es ist aber trotzdem in meinem Gedächtnis hängen geblieben.

Es war zu dieser Zeit üblich Kinder mit körperlicher Züchtigung zu bestrafen. Im ersten Schritt wurde eine Warnung ausgesprochen: „Machst Du das noch mal, bekommst Du eine Schelle". Damit wurde keine Klingel bezeichnet die man geschenkt bekam, sondern eine Ohrfeige. Schwere Verstöße wurden mit den stramm ziehen des Hosenbodens bestraft. „Ich zieh dir gleich den Hosenboden stramm oder du bekommst gleich was mit dem Klopper", hieß da die Vorwarnung. Die Bestrafung erfolgte von meiner Mutter meist mit einem Kleiderholzbügel oder dem aus Weide geflochtenen Teppichklopfer, der als „Klopper" bezeichnet wurde. Schließlich sollte der Hinterboden anschließend weh tun, damit man, während sich der Schmerz langsam verzog, noch genug Zeit hatte über seine Missetat nach zu denken. Mein Vater erledigte das stramm ziehen des Hosenbodens mit der flachen Hand. Das war aber auch nicht ohne, denn als Maschinenschlosser hatte mein Vater ganz schön Kraft in den Händen.

Heute gilt so etwas als Körperverletzung und Eltern dürfen per Gesetz ihre Kinder nicht schlagen. Das finde ich auch gut so. Mit den Kindern über alles vernünftig reden, ist besser, als sie zu schlagen. Gut, es hat mir nicht weiter geschadet, aber ich hatte immer große Angst vor einer körperlichen Bestrafung. Schließlich musste meine Mutter den Holzbügel oder den Klopper erst holen, während eine Ohrfeige meist spontan erledigt wurde.

Ich mache meinen Eltern auch keine Vorwürfe, denn sie wurden von ihren Eltern und Lehrern auch geschlagen. Der Lehrer tat dies zum Beispiel, in dem er mit dem Zeigestock aus Bambus den Kindern mehrmals auf die ausgestreckten Finger schlug, oder dermaßen am Ohr zog, dass dieses einriss.

Der Unterricht in der ersten Klasse war sehr schön. Wir malten viele Tuschebilder und lasen in dem schönen Lesebuch Geschichten über Willi und Dora.

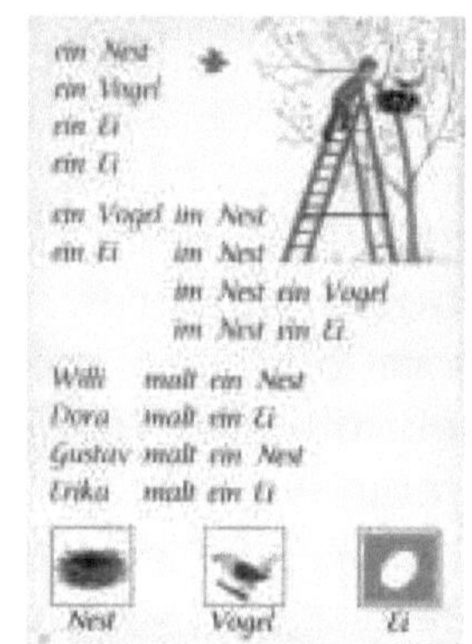

Ich liebte dieses Lesebuch, weil dort so schöne Zeichnungen abgebildet waren.
Meine Lieblingsfächer waren Malen, Handarbeit, Lesen und Religion. Für mein Kuscheltier dem Teddy, habe ich eine Jacke und eine Hose gehäkelt. Häkeln, stricken und nähen kann ich heute noch, dass habe ich nicht verlernt.

In der ersten Klasse hatte ich eine Mitschülerin, die hieß Kathrin Heissig und wohnte in einem Kinderheim in der Nähe des Mariendorfer Volksparks. Wenn sie morgens zur Schule ging, ist sie immer durch diesen Park gelaufen. Das letzte Stück des Weges wurde Birkenwäldchen genannt und lag direkt am Sommerbad Mariendorf. Der Weg hieß so, weil am Wegesrand nur Birkenbäume gepflanzt waren. An einem Morgen, kam Kathrin nicht zur Schule. Keiner von uns machte sich Gedanken, denn schließlich konnte ein Kind wegen Krankheit fehlen. Mitten im Unterricht wurde unsere Lehrerin vom Schuldirektor aus der Klasse geholt. Als unsere Lehrerin wieder die Klasse betrat, sahen wir, dass sie geweint hatte und ganz traurig war. Fräulein Ostheeren teilte uns behutsam mit, dass unsere Mitschülerin nicht mehr kommen wird, da sie tot ist. Ich weiß heute nicht mehr, was sie genau gesagt hatte und ob wir in diesem Alter überhaupt begriffen hatten was da passiert war. Unsere Mitschülerin wurde von einem geistesgestörten Mann, der auf einem Fahrrad den Weg durch das Birkenwäldchen fuhr, mit einem Hammer erschlagen.

Ich ging meist immer mit meinem Schulkameraden Harald Weiss zur Schule, nur wenn wir uns mal verkracht oder gezankt hatten, lief ich alleine den Weg. Manchmal ging ich den Weg direkt durch die Straße, wo rechts und links die Einfamilienhäuser mit ihren schönen Vorgärten waren oder ich bog vorher links ab und ging den Weg an einem großen Feld lang. Es führten viele Wege zur Schule am Dardanellenweg. Wichtig war nur das ich pünktlich in der Schule und danach zu Hause ankam. Mit Harald zur Schule zu gehen war natürlich besser. Denn Harald ging vorher immer in den Zeitungsladen und holte von seinem Taschengeld viele Süßigkeiten.

Meine Mutter machte für uns alle Frühstücksbrote, für Papa, für Rosel und für mich. Meine Mutter meinte es wahrscheinlich gut immer dick die Butter und die Teewurst auf die Klappstullen zu schmieren. Ich fand das nicht sehr schön, wenn nach dem Abbeißen von der Stulle immer mein Gebissabdruck in der Schicht Wurst und Butter zu sehen war. Außerdem war das immer so weich beim Kauen. Klappstullen mit Camembertkäse möchte ich überhaupt nicht. Bekam aber solche Stullen doch ab und zu mit zur Schule. Denn schließlich wurde gegessen, was die Kelle hergab. Diese Stullen wurden von mir in dem

Fach unter der Schulbank abgelagert. Stattdessen habe ich die Süßigkeiten von Harald gegessen Nach ein paar Wochen wurden dann diese Stullen, die nun hart wie Stein waren, von mir in den Papierkorb entsorgt.

Ansonsten verliefen die ersten drei Schuljahre bis auf zwei Ereignisse, nein drei Ereignisse recht ruhig. Das eine Ereignis betraf eine Rauferei zwischen mir und einem Klassenkameraden, dessen Namen mir nicht mir einfällt. Im Verlauf dieser Rangelei schob ich den Klassenkameraden gegen die Gittertüren der Wandgarderobe. Durch diesen Vorgang wurden die Türen nach innen in den Wandschrank gedrückt und die Scharniere der Türen bogen sich nach außen und brachen ab. „Melde gehorsamst, Materialschaden im Eifer des Gefechts" hätte wohl ein Preußischer Offizier gebrüllt. Wir beiden Kinder waren natürlich mehr als erschrocken, denn wer kam für den Schaden auf? Wer das im Endeffekt repariert und bezahlt hat, entzieht sich meiner Kenntnis. Den Arschvoll den ich von meinem Vater für diese Missetat bekam, bliebt aber in guter Erinnerung, da ich zwei Tage nicht richtig sitzen konnte.

Das zweite Ereignis fand während der großen Hofpause hinter der Turnhalle statt. Dort verbrachte ich mit einem Teil der Jungs aus der Klasse die Pause, denn dort konnten uns die Lehrer, die in dieser Pause die Hofaufsicht hatten, nicht so schnell sehen. An dieser Stelle trennte ein kleiner Zaun das Schulgelände von einem unbebauten Grundstück. Wir hatten natürlich nichts Besseres zu tun, als über den Zaun auf das Nachbargrundstück zu klettern. Das ging auch einige Male ganz gut, nur bei einem Mal bin ich am Zaun hängen geblieben und habe mir dadurch einen Dreiangel in die gute Stoffhose gerissen. Halleluja, das setzte zu Hause angekommen gleich wieder was auf den Hosenboden.

Das dritte Ereignis empfand ich als das schwerwiegendste, bin aber bis heute erstaunt, wie meine Mutter darauf reagierte.

An den Vorgang der die Lehrerin dazu veranlasste einen Eintrag in das Mitteilungsheft zu schreiben, kann ich mich nicht erinnern. War wohl in meinen Augen nicht so schlimm gewesen. Schlimm war nur, dass dieser Eintrag als Nachweis dafür, dass die Erziehungsberechtigten davon Kenntnis genommen haben, von den Eltern, in meinem Fall von meiner Mutter unterschrieben werden musste. Zu dieser Zeit hatte ich eigentlich von körperlichen Züchtigungen die Nase voll und traute mich nicht das Heft meiner Mutter vorzulegen. Auf der anderen Seite wartete natürlich auch die Lehrerin auf die Unterschrift meiner Mutter. Was sollte ich nur tun? Mir blieb nur die eine Idee, die Unterschrift meiner Mutter zu fälschen. Das tat ich dann auch. Es war gar nicht so schwierig, denn die Unterschrift meiner Mutter war nicht so krakelig wie die der Herren Doktoren oder Professoren, sondern einfach geschrieben, so als wenn meine Mutter eine Postkarte oder einen Brief geschrieben hätte.

Am nächsten Morgen gab ich das Mitteilungsheft bei der Lehrerin ab. Die Lehrerin fragte nur: „Hat deine Mutter dazu noch etwas gesagt?" „Nee, hat sie nicht" habe ich geantwortet und setzte mich hinter meine Schulbank. Damit war das Problem für mich erstmal erledigt. Wie gesagt, erstmal. Denn einige Wochen später war Elternversammlung und ich wusste ganz genau das Fräulein Ostheeren diese Angelegenheit noch mal mit meiner Mutter besprechen wird. Denn meine Lehrerin kannte ja meine Mutter und konnte sich einfach nicht vorstellen, dass meine Mutter den Eintrag im Mitteilungsheft nur so einfach unterschrieben hat, ohne ein Gespräch mit ihr als Lehrerin zu vereinbaren.

In der Zeit wo meine Mutter in der Schule zur Elternversammlung war machte ich mir in meinem Bett große Gedanken. Spricht die Lehrerin das Ganze noch einmal an, oder nicht. Ich schwitzte im Bett Blut und Wasser und mir war richtig übel vor Angst.

Dann wurde die Wohnungstür aufgeschlossen und meine Mutter betrat das Zimmer. Sie sagte nur: „Ich habe Frau Ostheeren zugesichert, dass ich die Mitteilung selbst unterschrieben habe. Aber noch mal machst du so eine Unterschriftsfälschung nicht". Dann ging sie wieder aus dem Zimmer. Was für eine großartige Mutter ich doch hatte. Sie hatte ihr eigenes Fleisch und Blut nicht dem Verrat preisgegeben.

Das erste Zeugnis, was ich ein Jahr später nach der Einschulung bekam, war in Bezug auf mein Betragen, noch recht gut.

In den nächsten Schuljahren verschlechterten sich meine Noten, sehr zum Bedauern meiner Mutter, besonders im Betragen. Bemerkungen wie: „Leider neigt Detlef in letzter Zeit sehr zu unruhiger Haltung", oder „Detlef fiel häufig durch undiszipliniertes Betragen auf" steigerten sich bis zur Aussage: „Detlef ließ sich leicht ablenken und störte andere Mitschüler durch seine Schwatzhaftigkeit".

Carl-Sonnenschein-Schule
Grundschule
Tempelhof/Berlin

Zeugnis

für _Detlef Schmidt_

geb. am _1. I._ 19_55_   Klasse _1a_

Allgemeine Beurteilung:

Detlef bemühte sich um sehr gutes Betragen. Er folgte dem Unterricht mit Interesse.

Seine Leistungen im Lesen sind sehr gut, im Schreiben gut, im Rechnen befriedigend. Beim Malen und Basteln zeigt er besondere Freude und Geschicklichkeit.

Seine Heftführung ist sehr gut.

Versäumte Tage: _3_   Verspätet _–_ mal   _wird_ versetzt in die Klasse _2a._

Berlin-Mariendorf, den _30. VI_ 19_63_

Bauer
Rektor(in)

Ostheeren
Klassenleiter(in)

Gelesen _Ruth Schmidt_
Erziehungsberechtigter

Vitdrg. II 700 — Zeugn. f. d. 1. Kl. d. Grund- und Bezerkern Schulen, 2. Kl., d. Hilfs- und Gehörlosensch.

Mein 1. Zeugnis

Als ich in die vierte Klasse kam, wurde das Schulleben für mich etwas leichter. Denn meine Schwester hatte die Grundschule verlassen und war in die siebte Klasse der Oberschule gewechselt und Fräulein Ostheeren war nicht mehr meine Klassenlehrerin. Bei ihr hatte ich nur noch Englischunterricht. Was sie aber nicht davon abhielt mir in einer Unterrichtsstunde eine zu kleben, weil ich trotz Ermahnung meine Tomate, die ich unter mciner Schulbank verborgen hielt, einfach weiter aß.

Im Englischunterricht hatten wir ein schönes Englischbuch zum lernen. Es hieß Peter Pim und Billy Ball. Peter Pim war ein schlaksiger langer Junge und Billy Ball ein kleiner eher etwas dicker Junge, mit ausgebeulten Trainingshosen.

Englischbuch Peter Pim and Bill Ball

Trotz des schönen Buches langte es im Fach Englisch bei den Zensuren nur zu einem ausreichend im Mündlichen, wie im Schriftlichen. In der 6. Klasse habe ich dann auch meinen ersten Tadel bekommen. Wir waren in der großen Hofpause wieder in unserer Ecke hinter der Turnhalle verschwunden. Klassenkamerad Michael Hasenpusch und ich bastelten mit einem Chinakracher, der wohl noch von Silvester übriggeblieben war, einen neuen Knallkörper. Ich hatte von meinem letzten Schnupfen noch die Hülle vom Wick Nasenstift und in diese Hülle passte der Chinakracher haargenau hinein.

Wir wussten, dass der Knall bei der Explosion des Krachers durch das Plastikgehäuse noch lauter sein würde. Michael, angeberisch wie immer, zündete die Lunte an und hielt den Kracher viel zu lange fest in der Hand. Er wollte uns damit zeigen, dass er kein Schisser ist. Als er endlich den

Kracher wegschmeißen wollte, war es schon zu spät. Der Kracher ging in seiner Hand los und die Plastiksplitter verteilten sich in Michaels Handfläche.

Nachdem die Hand ärztlich versorgt war, wurde für uns ein Tadel in das Klassenbuch eingetragen. Zu Hause bekam ich keine Haue, da ich das Ding nicht angezündet hatte. Glück im Unglück.

Mein Schulkamerad Michael stand eines Tages sogar in der Zeitung. Er hatte Munition in ein Lagerfeuer geworfen. Die Kugeln hatten nach der Explosion seine Beine verletzt. Der Wahnsinnige.

Lehrerstreiche haben wir in der Grundschule nicht gemacht, da waren wir noch zu brav. Nur untereinander gab es schon mal die eine oder andere Knufferei. Ich habe meinem Mitschüler Thorsten Winkler, als der gerade aufgestanden war, um ein kleines Gedicht im Unterricht auf zu sagen, einen sehr klebrigen Bonbon auf seinen Stuhl gelegt. Nachdem Thorsten das Gedicht zu Ende aufgesagt hatte, setzte er sich wieder auf seinen Stuhl, genau auf den Bonbon. Nun klebte der Bonbon genau im Schritt seiner kurzen Lederhose, was für ein Lacher. Thorsten selbst lachte nicht. Da es die letzte Stunde war, konnten wir anschließend nach Hause gehen. Ich war der erste, der das Klassenzimmer und das Schulgebäude fluchtartig verließ, hinter mir rennend mein Mitschüler Thorsten mit hochrotem Kopf und mir Keile androhend. Auch an den nächsten Tagen musste ich ihm aus dem Weg gehen, so wütend war er.

Während der Grundschulzeit wurden auch Ausflüge gemacht. Mal war es der Berliner Zoo oder ein Ausflug zum Königsgraben in Mariendorf. Der Ausflug zum Königsgraben, wurde gleich mit dem Schulfach Heimatkunde verbunden. Der Königsgraben in Marienfelde, einem vom Großen Kurfürsten Friedrich Wilhelm (1620 -

1688) angelegten Entwässerungsgraben, durchzog damals einen großen Teil der Getreidefelder in Marienfelde. Der Graben war zwischen durch auf so genannte Pfuhle erweitert.

An diesen Pfuhlen tränken die Bauer immer die Pferde. Damals wurde die Feldarbeit nur mit Pferden bewerkstellig. Traktoren gab es zu dieser Zeit noch nicht. In diesen Pfuhlen befanden sich im Frühjahr immer viele Kaulquappen, sodass wir sogar noch den Biologieunterricht am Königsgraben abhandeln konnten. Wenn wir einen Ausflug machten, gab mir meine Mutter meist Kartoffelsalat und Bouletten zu Essen mit. Als Getränk gab es mit Wasser verdünnten Himbeersirup in einer kleinen roten Plastikthermosflasche.

Am Volkstrauertag ging die ganze Schule zum Soldatenfriedhof, der sich auf dem Heidefriedhof befand. Dort wurde ein Kranz für die gefallenen Soldaten des 2. Weltkrieges niedergelegt. Unsere älteren Lehrer waren durch die Geschehnisse des 2. Weltkrieges noch sehr geprägt und an diesem Tag sehr traurig. Auch Fräulein Ostheeren hatte, wenn sie im Geschichtsunterricht über den Arbeiteraufstand vom 17. Juni 1953 in Ost-Berlin erzählte, immer Tränen in den Augen.

In den sechs Jahren Grundschule unternahmen wir eine Klassenreise in das Städtchen Schaippach. Dieses Städtchen liegt im Landkreis Main/Spessart in Unterfranken in einer sehr schönen Umgebung. Wir wohnten dort im Schullandheim Schaippachsmühle und machten von dort viele Wanderungen.

Schaippachsmühle

Der Tagesausflug nach Rothenburg ob der Tauber, einer mittelalterlichen Stadt, war schon sehr aufregend. In dieser Stadt gab es eine Wehrmauer mit Wachtürmen und auch Folterkeller. Dort waren gut erhaltenen Folterinstrumenten zu besichtigen. Früher im Mittelalter wurde ja alles bestraft. Waren die Schrippen des Bäckers zu klein, so wurde der Bäcker in einen Weidenkorb gesperrt und von der Brücke ins Wasser getaucht und das mehrmals hintereinander. Bei Zänkereien, meist zwischen den Weibern, wurde den Frauen ein aufklappbares Brett mit zwei Löchern um den Hals gelegt und dann mit einem Schloss verriegelt. Die beiden Frauen durften sich dann eine Zeitlang öffentlich auf dem Marktplatz Gesicht an Gesicht weiterbeschimpfen, wobei sich das einfache Volk noch einen Spaß daraus machte und diese Frauen mit Unrat bewarfen.

Andere Leute, die etwas verbrochen hatten, wurden an den Pranger gestellt. Der Pranger wurde auch als Schandpfahl bezeichnet. Es war ein Strafwerkzeug in Form einer Säule oder eines Holzpfostens an denen der Bestrafte gefesselt und öffentlich vorgeführt wurde. Die Strafe bestand vor allem in der öffentlichen Schande, welche der Verurteilte zu erdulden hatte und die vielfach ein normales Weiterleben in der Gemeinschaft unmöglich machte oder sehr erschwerte. Wenn man solch eine Strafe durchlebt hatte, war es besser in eine andere Stadt zu ziehen.

Es gab natürlich auch noch viel schlimmere Foltergeräte und Foltermethoden, wie wir anhand der Utensilien im Folterkeller sehen konnten. War damals bestimmt keine leichte Zeit für die Menschen und jeder von uns freute sich, dass er damals nicht gelebt hat. Neben Rothenburg ob der Tauber besuchten wir auch das Wasserschloss Mespelbrunn. In das innere des Schlosses kam man nur über eine Art längliche Brücke, denn das Schloss stand inmitten eines kleinen Sees. Was man dann auch irgendwie im Schloss roch, denn die Mauern waren sehr feucht. Wir konnten uns gar nicht vorstellen wie man dort leben konnte, vor allem im Winter, wenn es richtig kalt war.

Aber vom optischen sah das ganze wie ein Märchenschloss aus und ich dachte, dass Schneewittchen gleich aus dem Tor herauskommt. Kam aber nicht und auch Rapunzel ließ nicht ihr goldenes Haar vom Turm herunter. Immerhin diente dieses Wasserschloss als Filmkulisse für den Spielfilm „Das Wirtshaus im Spessart" mit der Schauspielerin Liselotte Pulver.

Schloss Mespelbrunn

Auf dem Busparkplatz vor dem See wurden auch Souvenirs verkauft. Ich kaufte meiner Mutter von meinem Reisegeld eine silberne Kette mit einem Herz. In diesem Herz stand: „Gott schütze dich". Meine Mutter wurde während der Klassenreise krank und musste mit einer Blinddarmentzündung ins Krankenhaus. Bei meinem ersten Besuch im Krankenhaus, nach Rückkehr von der Klassenreise, habe ich die Kette meiner Mutter geschenkt.

Diese Kette mit dem Herz hatte meine 88-jährige Mutter bis zu ihrem Tod am 25. Januar 2023 immer bei sich, wenn sie die Wohnung verließ.

Jetzt ist diese Kette mit einem Passbild meiner Mutter in meinem Portemonnaie und immer bei mir, wenn ich das Haus verlasse.

Diese Schullandheimfahrt oder auch Klassenreise genannt, war ganz toll. Ich kann mich erinnern, dass wir auch einmal selbst das Mittagessen zubereitet haben. Wir hatten früh morgens auf einer großen Wiese eine riesige Menge Wiesenchampignons gesammelt. Die Pilze wurden dann geputzt und gekocht. Diese Pilzsauce war ein echter Genuss. Dazu gab es Pellkartoffeln. Lecker!

In der Nähe des Schullandheims gab es noch die Reste der Scherenburg zu bewundern. Der Rest bestand aus dem Hungerturm und ein paar anderen Trümmern. Uns wurde natürlich die Geschichte erzählt, dass man dort die Leute hineinwarf und aus Strafe für ihre Vergehen verhungern ließ. Dort wurden auch damals Menschen zur Strafe eingesperrt, aber sie bekamen Wasser und Brot. Sicher sind auch einige Menschen vor Entkräftung und Krankheit dort verstorben, aber sie wurden nicht bewusst zum verhungern dort eingesperrt.

Als Kinder wurden uns häufig solche Ammenmärchen erzählt. Popelte ich beim hinausgucken aus dem Fenster mit dem Finger die kleinen Steinchen aus dem Putz der Hauswand heraus, so erzählte Opa Thierling gleich, dass dadurch das Haus zusammenstürzen könnte. Knabberte ich an den Fingernägeln, kam gleich die Ansage, ich sollte das lassen, weil sich dort unter den Fingernägeln das schlimmste Gift, das es auf der Welt gibt befindet. Erwachsene!

Aber wir glaubten ja auch die Geschichten vom Weihnachtsmann und vom Storch. Wobei ja der Weihnachtsmann und der Nikolaus immer dazu missbraucht wurden uns Kinder Angst zu machen oder Drohungen auszusprechen. „Wenn Du nicht artig bist bringt Dir der Weihnachtsmann keine Geschenke, sondern nur die Rute". Kam dann am heiligen Abend wirklich der Nachbar Herr Nagel als Knecht Ruprecht verkleidet in die gute Stube hatten wir Kinder logischer weise Angst und die Erwachsenen wunderten sich das wir das vorher x-mal geübte auswendig gelernte Weihnachtsgedicht nur noch stotternd und stammelt von uns geben konnten. Der Einzige, der vor solchen Missbrauch geschützt war, war der Osterhase.

Der Nachbar Herr Nagel als Knecht Ruprecht verkleidet.

Ich muss aber mit aller Ehrlichkeit auch sagen, dass das Weihnachtsfest immer sehr schön war. Draußen war es kalt und alles war voller Schnee. Drinnen im Zimmer war es warm und gemütlich. Der mit echtem Lametta und Wachskerzen bestückte Baum Tannebaum roch und es gab aus der Ofenröhre Bratäpfel zu essen. Auf den Fotos die gemacht wurden sah Weihnachten immer gleich aus, weil es immer diese Standardfotos waren. Opa und Oma mit den Enkelkindern vor dem Weihnachtsbaum.

Die einzigen Unterschiede zwischen den im Abstand von einem Jahr aufgenommen Fotos waren, die neuen Geschenke und wir Kinder die in diesem einen Jahr wieder ein Stück gewachsen waren. Ein Geschenk werde ich in meinem Leben nie vergessen. Ich bekam zu Weihnachten eine elektrische Eisenbahn der Marke Märklin.

Meine erste „Elektrische" war ein Güterzug mit Kohlenwagen und die Schienen waren als Kreis gelegt. Aber nicht die Eisenbahn war das besondere an dem Weihnachtsgeschenk. Die von meinem Vater aus Pappe selbstgebauten und mit Ölfarbe liebevoll bemalten Häuser waren es, die mir so gefielen. Ich habe mich als Junge so darüber gefreut, dass ich dies bis zum heutigen Tag nicht vergessen habe. Beim Spielen mit der Eisenbahn machte mir am meisten das entgleisen des Zuges spaß, denn dann sprühten immer so schön die Funken und es roch nach Öl.

1968 Abschlussfoto Klasse 6a mit Fr. Stüber und Rektor Crüger

Nach sechs Jahren Grundschule war es dann vorbei mit lustig. Ich kam dem wahren Leben immer näher. „Mein Junge Du lernst nicht für die Schule, Du lernst für Dich und das Leben". Paff! Dieser Satz wirkte so, als wenn man einem einen nassen Scheuerlappen um die Ohren haut. Tut weh, bringt einen aber nicht weiter. Was soll ein Kind mit so einem Satz anfangen?

Am 1. April 1968 wechselte ich auf die nach dem UN-Generalsekretär Dag Hammarskjöld benannte Oberschule in der Ringstraße. Damals als Realschule mit mittlerem Schulabschluss bezeichnet.

Alle Jungs, die jetzt auf die Oberschule wechselten, kamen sich schon als ganze Kerle vor und dachten jetzt geht es los mit den Mädels. Pusteblume. Die meisten Mädels in unserem Alter hatten schon einen Freund. Diese jungen Schnösel waren natürlich älter als unsereins und kamen schon mit dem eigenen Auto vorgefahren, um ihre Ische abzuholen.

Das Wort Ische ist übrigens ein echter Klassiker. Dieses Wort hat schon mein Vater in den Fünfzigern benutzt. Damals war es allerdings noch nicht abwertend und bedeutete nichts anderes als Freundin.

Die Mädels, die noch keinen Freund hatten, wollten wir auch nicht. Waren damals in unseren Augen nicht hübsch genug. Meine Favoritin war Claudia G. Ein Mädchen mit italienischen Wurzeln. Aber ich hatte keine Chance. Erstens traute ich mich nicht ihr zu sagen wie groß meine Liebe zu ihr war und zweites war ich viel zu ängstlich und zu schüchtern.

Klasse 7c und dem Lehrer Herr Feigel

Die Schule war ein großer alter grauer Kasten, genau wie im Film die Feuerzangenbowle beschrieben und war früher eine reine Mädchenschule gewesen. Breite, lange Gänge und bis zur Wandmitte gekachelte sehr hohe Wände. Große Fenster und große Klassentüren und im Klassenzimmer selbst ein Podest auf dem das Lehrerpult stand. Ein Pult war es eigentlich nicht, eher ein großer Schreibtisch. Die Treppenstufen der einzelnen Etagen waren ebenfalls sehr breit. In der ersten Etage befand sich eine Berufsschule. Diese Etage zu betreten war streng verboten.

Im Seitenflügel des Schulgebäudes waren die Turnhalle, der Werkraum und der Erdkunderaum untergebracht. Im kleinen Dachgeschoß befand sich ein Erker. Dort fand der Musikunterricht statt. Der linke Schulhof beherbergte den Unterstand für die Fahrräder und bot den Berufsschülern den Platz, wo sie ihre Hofpausen verbringen durften. Hinter diesem Schulhof befand sich noch ein kleines Gärtchen. Dieses kleine Gärtchen diente unserem

Mathematik- und Erdkundelehrer Hubertus Petersen zum Verweilen in den Schulpausen.

Unser Schulhof befand sich auf der rechten Seite des Schulgebäudes und dort war auch der Sportplatz. Der Verdammte. Denn Schulsport, egal in welcher Form, war nicht mein Ding. Hielt es schon damals wie Churchill, no sports.

Junge Lehrer gab es an dieser Oberschule keine. Alle schienen so alt wie das Gebäude selbst. Nur unser Klassenlehrer Herr Feigel war im mittleren Alter. Die jungen Lehrer waren alle noch zur Ausbildung auf der Pädagogischen Hochschule. So bekam ich wie schon in der Grundschule Lehrer, die auch schon meine Mutter in ihrer Schulzeit hatte. Diesmal war es ein Lehrer mit dem wunderbaren Nachnamen Schlotthauber. Der war in der 7. und 8. Klasse für den Chemieunterricht zuständig. Sein Hauptsatz hieß „Hände von den Armaturen". An jedem Arbeitsplatz im Chemiesaal war ein grüner Hahn für Wasser, ein blauer Hahn für Sauerstoff und ein gelber Hahn für Gas. Hielt man sich nicht an den Warnhinweis von Lehrer Schlotthauber und befummelte die Armaturen, so kam urplötzlich ein großes Schlüsselbund angeflogen. Es war selbstverständlich, dass man dieses Schlüsselbund aufhob und kommentarlos dem Absender desselben zurückgab, damit dieser es wieder als Waffe gegen Armaturenbefummler einsetzen konnte. Dabei war es völlig bedeutungslos, dass an den entsprechenden Armaturen keine Anschlüsse für Wasser, Gas oder Luft vorhanden war. Der Chemiesaal sah eben besser aus durch die vielen Arbeitsplätze mit den Armaturen. Wenn Experimente anstanden, wurden die sowieso vorne am Labortisch des Lehrers ausgeführt.

Ganze zwei Schuljahre hatten meine Mitschüler und ich das Vergnügen mit dem Chemielehrer Schlotthauber. Dann wurde er endlich in die mehr als verdiente Pension geschickt. Der Ersatz für ihn war Herr Voigt über den ich später berichten werde.

Die ersten zwei Schuljahre auf der Realschule gingen eher ruhig von statten. Unser Klassenlehrer Herr Feigel war ein ruhiger und freundlicher Lehrer. Er brachte häufig auf Tonband aufgenommene Hörspiele mit in den Unterricht. Damit war aber auch eines Tages Schluss, weil wir Schüler es in der Pause nicht lassen konnten an dem Tonbandgerät rumzufummeln. Das Ergebnis unseres Interesses an moderner Technik war Bandsalat.

So richtig spannend wurden dann die letzten zwei Schuljahre. Vielleich spielte unter anderem auch die beginnende Pubertät eine Rolle. Denn wir Schüler waren jetzt im Schnitt 15 Jahre alt. Unsere Klasse im Jahr 1970 die 8a war die ruhigste und artigste Klasse. Lehrer wie Hubertus Petersen hatten uns fest im Griff.

Fortsetzung folgt!

Impressum

Detlef Schmidt
Vogelgesang 86
14913 Niedergörsdorf OT Blönsdorf

© 2024 Detlef Schmidt
Herstellung und Verlag:
BoD – Books on Demand, Norderstedt
ISBN: 9783758369339